O MORRO DOS VENTOS UIVANTES

EMILY BRONTË

em QUADRINHOS

PETRA LEÃO
WANDERSON SOUZA
DAN FREITAS

Principis

Esta é uma publicação Principis, selo exclusivo da Ciranda Cultural.
© 2023 Ciranda Cultural Editora e Distribuidora Ltda.

Título da obra original
Wuthering Heights

Autor da Obra Original
Emily Brontë

Editora
Michele de Souza Barbosa

Edição de Quadrinho
Daniel Esteves

Revisão
Audaci Junior

Produção editorial
Ciranda Cultural

Roteiro
Petra Leão

Desenho e arte-final
Wanderson de Souza

Cor
Dan Freitas

Balões
Larissa Palmieri

Dados Internacionais de Catalogação na Publicação (CIP) de acordo com ISBD

B869m   Brontë, Emily.

O Morro dos Ventos Uivantes HQ / Emily, Brontë,; adaptador por Daniel Esteves. - Jandira, SP : Principis, 2023.
96 p. il. ; 15,50cm x 22,60cm. - (Clássicos em quadrinhos)

Título original: Wuthering Heights
ISBN: 978-65-5552-845-9

1. Histórias em quadrinhos. 2. Crime. 3. Romance. 4. Mulher. 5. Vingança. 6. Obsessão. 7. Paixão. I. Esteves, Daniel. II. Título. III. Série.

2023-1052

CDD 741.5
CDU 741.5

Elaborado por Lucio Feitosa - CRB-8/8803

Índice para catálogo sistemático:
1. Histórias em quadrinhos 741.5
2. Histórias em quadrinhos 741.5

1ª edição em 2023
www.cirandacultural.com.br
Todos os direitos reservados.
Nenhuma parte desta publicação pode ser reproduzida, arquivada em sistema de busca ou transmitida por qualquer meio, seja ele eletrônico, fotocópia, gravação ou outros, sem prévia autorização do detentor dos direitos, e não pode circular encadernada ou encapada de maneira distinta daquela em que foi publicada, ou sem que as mesmas condições sejam impostas aos compradores subsequentes.

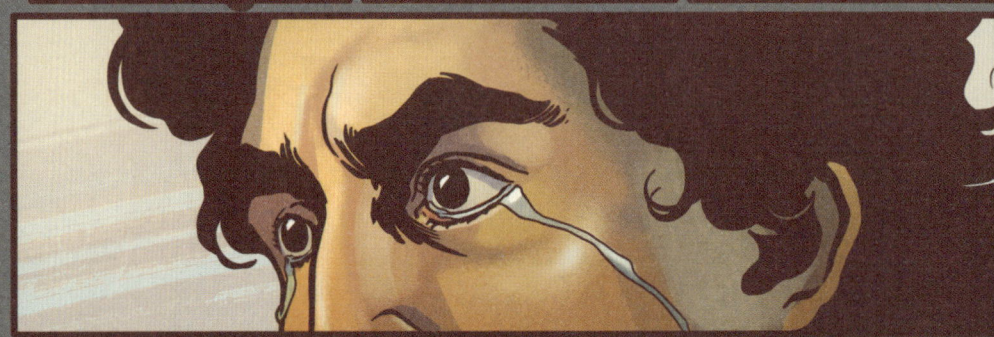

ESTÁ SOZINHA, NELLY?
NÃO ME OLHE ASSIM!
JÁ ESTOU INFELIZ O BASTANTE!
NÃO IMAGINO QUE PROBLEMAS VOCÊ PODERIA TER, SRTA. CATHY!
POIS VOU LHE CONTAR UM SEGREDO.
EDGAR ME PEDIU EM CASAMENTO.
EU DISSE SIM.
E VOCÊ O AMA?

S-SIM!
ELE É JOVEM, MUITO AGRADÁVEL E GENTIL!
SÃO MOTIVOS BEM RUINS PRA SE AMAR ALGUÉM.
E ELE GOSTA DE MIM! SE IMPORTA COMIGO!
ALÉM DO MAIS, ELE É RICO!
EU SEREI A MULHER MAIS RESPEITÁVEL DA REGIÃO!
SUAS RAZÕES VÃO DE MAL A PIOR!
MAS SEU IRMÃO FICARÁ FELIZ COM A NOTÍCIA, ACREDITO!
E SE VOCÊS SE GOSTAM, QUAL O EMPECILHO?
AQUI! NÃO CONSIGO DEIXAR DE SENTIR QUE ESTOU ERRADA!
SABE... SE HOUVESSE MESMO JUSTIÇA DIVINA, HEATHCLIFF NÃO VIRIA DA MISÉRIA!
SE NÃO FOSSE POR ISSO, EU NÃO PENSARIA DUAS VEZES!

"MAS DA MANEIRA COMO AS COISAS SÃO, SE CASASSE COM ELE VIRARÍAMOS MENDIGOS!"
"SIGNIFICARIA ME ARRUINAR PARA SEMPRE!"
"PORÉM, CASANDO COM LINTON, POSSO AJUDAR HEATHCLIFF! AFASTÁ-LO DA TIRANIA DE MEU IRMÃO!"
COM O DINHEIRO DE SEU MARIDO? DUVIDO QUE HEATHCLIFF ACEITARIA.
PENSE NO SOFRIMENTO DELE QUANDO SE VIR SEPARADO DE VOCÊ!
SEPARADO? EU JAMAIS ME SEPARAREI DE HEATHCLIFF!
ELE CONTINUARÁ SENDO TÃO IMPORTANTE PRA MIM COMO SEMPRE FOI.
E LINTON QUE LIDE COM ISSO!
OS DESGOSTOS DE MINHA VIDA SEMPRE FORAM OS TORMENTOS DE HEATHCLIFF!
ACOMPANHEI E SENTI CADA UM DELES.
É HEATHCLIFF QUE ME MANTÉM VIVA!

"EU SEI QUE MEU AMOR POR LINTON É COMO A FOLHAGEM DA FLORESTA... O TEMPO ALTERA, COMO O INVERNO ALTERA AS ÁRVORES!"

"MAS MEU AMOR POR HEATHCLIFF É COMO AS PEDRAS ETERNAS NO SOLO!"

"NELLY... EU *SOU* HEATHCLIFF!"

"SEJA QUAL FOR A MATÉRIA DA QUAL AS ALMAS SÃO FEITAS, A MINHA E A DELE SÃO *IGUAIS!*"

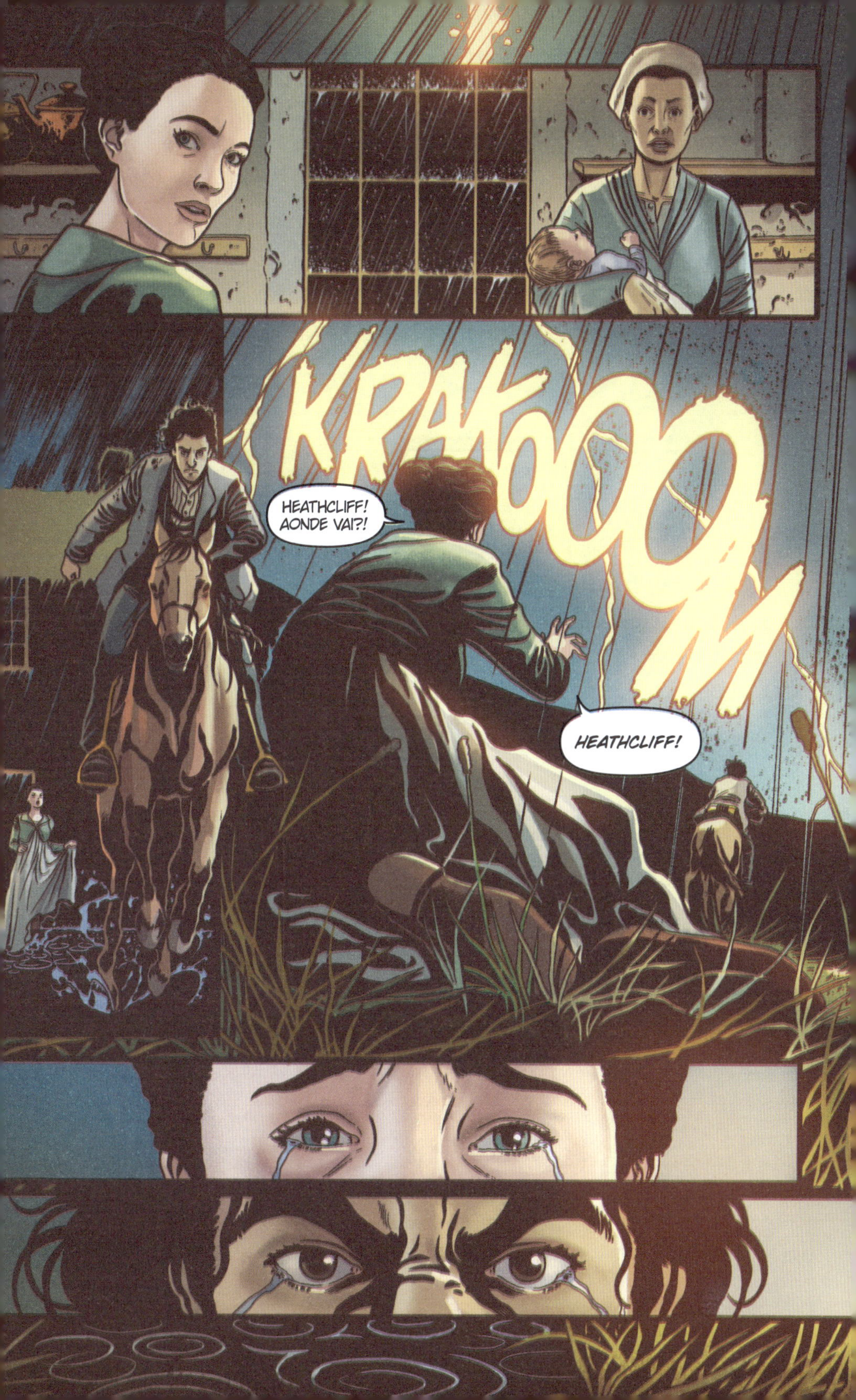
KRAKOOOM
HEATHCLIFF! AONDE VAI?!
HEATHCLIFF!

3 anos depois

— MINHA QUERIDA! POR QUE ESTÁ TRISTE EM UM DIA TÃO FELIZ?

— SÓ ESTOU PREOCUPADA COM O MORRO DOS VENTOS UIVANTES, AGORA QUE NELLY IRÁ MORAR CONOSCO...

"NÃO SEI QUEM CUIDARÁ DO PEQUENO HARETON!"

"HINDLEY ESTÁ CADA VEZ EM MENOS CONDIÇÕES DISSO!"

"MAS CONFESSO QUE ESTOU ALIVIADA POR NÃO TER MAIS QUE LIDAR TODOS OS DIAS COM ELE."

— ME DEIXE EM PAZ, GAROTO MALDITO! NÃO VÊ QUE ESTOU OCUPADO?

MALDIÇÃO!
BEM, SENHOR HINDLEY, PARECE QUE O SENHOR PERDEU MAIS UMA APOSTA!
O-ONDE ESTÁ MEU DINHEIRO?
COMO É?! QUERO MEU DINHEIRO AGORA, SENÃO...
EU PODERIA JURAR QUE AINDA TINHA UM POUCO MAIS...
POUCAS COISAS ME DEIXARIAM TÃO SATISFEITO QUANTO PRESENCIAR ESSA CENA...
...MAS SEREI UM **BOM IRMÃO** E COBRIREI A SUA DÍVIDA!
CONSIDERE ISSO UM **EMPRÉSTIMO!**
E PARA COMEÇAR A PAGÁ-LO, FICAREI HOSPEDADO EM SUA CASA, HINDLEY!
VOCÊ!

OLÁ, NELLY!
O QUÊ? SERÁ POSSÍVEL?
HEATHCLIFF!
NÃO ME OLHE COMO SE EU FOSSE UM ESTRANHO!
SIM, SOU EU! AGORA RESPONDA...
...ELA ESTÁ AQUI?

HEATHCLIFF! ELE VOLTOU MESMO?

MANDE-O ENTRAR, NELLY! RÁPIDO!

ORA VAMOS, NÃO PRECISA FICAR AGITADA DESSE JEITO! É SÓ UM CRIADO FUJÃO!

OH, EDGAR! *HEATHCLIFF* ESTÁ AQUI!

ERA AQUELE ROCEIRO QUE TRABALHAVA EM SUA ANTIGA CASA?

SEI QUE NUNCA GOSTOU DELE, MAS, POR FAVOR, SEJAM AMIGOS AGORA! POR MIM!

QUE SEJA! SE QUISER, LEVE-O PARA CONVERSAR NA COZINHA E...

COZINHA? CLARO QUE NÃO! VAMOS RECEBÊ-LO NA SALA E...

CATHERINE?

— A SRA. LINTON ME PEDIU PARA RECEBÊ-LO PELOS VELHOS TEMPOS...

— ...E SEMPRE É UM PRAZER SATISFAZER A MINHA ESPOSA!

— SUA ESPOSA, SIM! SOUBE QUE VOCÊS SE CASARAM!

— AMANHÃ VOU ACHAR QUE TUDO NÃO PASSOU DE UM SONHO.

— MAS NÃO DEVERIA LHE DAR BOAS-VINDAS DEPOIS DE SUMIR E NÃO DAR NOTÍCIAS POR TRÊS ANOS, SEM AO MENOS PENSAR EM MIM...

— CREIO QUE PENSEI EM VOCÊ BEM MAIS DO QUE VOCÊ EM MIM, CATHY!

— DIGO... SRA. LINTON!

— SIRVA O CHÁ ANTES QUE ESFRIE, NELLY!

— NOSSO CONVIDADO LOGO TERÁ DE IR, NÃO É?

— É UMA LONGA CAMINHADA ATÉ A HOSPEDARIA MAIS PRÓXIMA!

ORA, NÃO PRECISA SE PREOCUPAR...
HINDLEY ME CONVIDOU PARA FICAR NO MORRO DOS VENTOS UIVANTES!
DEPOIS DE TUDO O QUE ELE FEZ COM VOCÊ? NÃO ACHA PERIGOSO?
MINHA DETERMINAÇÃO É SUFICIENTE PARA ME MANTER A SALVO DE QUALQUER PERIGO!
ELE NÃO TEM COMO DECAIR AINDA MAIS MORALMENTE, NÃO É?
HA! HA! HA!

MAL PUDE ACREDITAR QUANDO O VI PARADO ALI!
ESTAVA TÃO DIFERENTE!
VIU COMO ESTAVA BEM--VESTIDO?
TRANSFORMOU-SE NUM VERDADEIRO CAVALHEIRO!
POR QUE ESTÁ EMBURRADO DESSA FORMA?
MAL ESTÁ FALANDO DESDE QUE HEATHCLIFF FOI EMBORA!
NÃO ESTOU ME SENTINDO BEM E QUERO DESCANSAR, CATHY!
VOU PRA SALA!
ESTOU SEM SONO, DE QUALQUER FORMA!
É TÃO EGOÍSTA QUE NÃO CONSEGUE ENXERGAR ISSO?

EI! HEATHCLIFF!

NÃO VAI ME DIZER COMO ESTÁ MINHA IRMÃ AGORA QUE ESTÁ CASADA?

O QUE VOCÊ QUER *REALMENTE*, HINDLEY?

EU... PRECISO QUE VOCÊ ME ADIANTE O ALUGUEL.

SR. HEATHCLIFF!
OLÁ!
ACHEI QUE DEVIA RETRIBUIR A VISITA.
ISABELLA INSISTIU PARA ME ACOMPANHAR!

— E ENTÃO, SR. HEATHCLIFF?

— NÃO VAI SATISFAZER NOSSA CURIOSIDADE?

— NÃO VAI NOS CONTAR COMO FEZ SUA FORTUNA?

— SOBRE O QUÊ, SRTA. ISABELLA?

— O SENHOR PASSOU MUITO TEMPO FORA E VOLTOU TÃO MUDADO...

— NÃO HÁ NADA A DIZER.

— PREFIRO NÃO ME LEMBRAR. FOI UMA VIDA AMARGURADA.

— PARE DE INCOMODAR O SR. HEATHCLIFF COM SUAS PERGUNTAS!

— PODE OLHAR OS CAVALOS PARA NÓS, ISABELLA?

— QUERO MOSTRAR UMA COISA A HEATHCLIFF LÁ EM CIMA!

— NÃO SABE COMO ESPEREI PRA ME VER A SÓS COM VOCÊ!

— POR QUE A TROUXE, AFINAL?

— SOU UMA MULHER CASADA AGORA... NÃO POSSO MAIS SIMPLESMENTE SAIR POR AÍ SOZINHA!

— SE NÃO TIVESSE TIDO TANTA PRESSA EM SE CASAR...

— PRESSA? FORAM TRÊS ANOS! TRÊS LONGOS ANOS SEM SABER SE ESTAVA VIVO OU MORTO!

— SÓ TIVE UM PENSAMENTO QUANDO SOUBE QUE IA SE CASAR...

— ...VOLTAR, VER SEU ROSTO MAIS UMA VEZ, AJUSTAR AS CONTAS COM HINDLEY E ENTÃO MORRER!

— SÓ DE IMAGINAR VOCÊ DORMINDO AO LADO DAQUELE IMBECIL...

— SE REALMENTE SE IMPORTASSE, PODERIA TER IMPEDIDO!

CATHY!

VAMOS INDO? ESTÁ FICANDO TARDE!

EDGAR JÁ DEVE ESTAR NOS ESPERANDO!

TEM RAZÃO!

JÁ É HORA DE VOLTAR PARA CASA!

- O QUE VOCÊ TEM HOJE, ISABELLA? MAL TOCOU NA SUA COMIDA!
- SE CONTINUAR ASSIM, VOU CHAMAR O MÉDICO!
- NÃO PRECISO DE MÉDICO!
- SE NÃO FOSSE POR *VOCÊ* TER ME TRATADO TÃO MAL ONTEM...
- ...ESTARIA ME SENTINDO MELHOR!
- ESTÁ FICANDO LOUCA?
- QUANDO FOI QUE LHE TRATEI MAL?
- ONTEM, NO NOSSO PASSEIO!
- ME MANDANDO FICAR LONGE DO SENHOR HEATHCLIFF!
- SUA PRESENÇA NÃO FAZIA DIFERENÇA NENHUMA!
- NÃO FALAMOS NADA DO SEU INTERESSE!
- POUCO IMPORTA O QUE ESTAVAM FALANDO!
- EU SÓ QUERIA FICAR PERTO... *DELE!*

Painel 1:
— ESTÁ FALANDO DE HEATHCLIFF? NÃO PODE SER ASSIM TÃO IDIOTA!
— POIS É DELE MESMO QUE ESTOU FALANDO!
— EU O AMO MUITO MAIS DO QUE VOCÊ AMA EDGAR! E SE VOCÊ PERMITISSE, ELE TALVEZ PUDESSE ME AMAR TAMBÉM!

Painel 2:
— SE ACHA MESMO QUE ELE AMARIA UMA LINTON, VOCÊ PERDEU A CABEÇA!
— SÓ DIZ ISSO PORQUE É UMA EGOÍSTA QUE QUER TODAS AS ATENÇÕES APENAS PRA VOCÊ!

Painel 3:
— CHEGA DESSE DISPARATE!
— NÃO VAI FALAR ASSIM COM MINHA ESPOSA ENQUANTO VIVER SOB MEU TETO, IRMÃ!
— ME DESCULPE, CATHY.

BLAM!

SENHORAS...
...VOCÊS TEM VISITA!
HEATHCLIFF!
SÓ VOCÊ PODE MELHORAR O CLIMA NESTA CASA!
BRIGAMOS HOJE POR VOCÊ, MAS PERDI A DISPUTA!
AONDE VAI, ISABELLA?
NÃO QUERIA TANTO ESTAR COM SEU AMADO?
CATHY! P-PARE COM ISSO!
DIGA AS COISAS QUE FALOU MAIS CEDO PRA ELE!
ME SOLTE!
AAHH!

— ARGH, QUANTA BRAVEZA!
— POR TRÁS DESSES OLHOS DE ANJO TEM UMA LEOA!
— ALGUÉM TÃO PARECIDO COM LINTON NÃO TEM NADA DE ANJO.

— MAS QUE HISTÓRIA É ESSA DE AMOR?
— O QUE VOCÊ ACHA? ESTÁ TÃO CEGA DE PAIXÃO QUE MAL CONSEGUE COMER!

— E ELA É HERDEIRA DO IRMÃO, NÃO É?
— POR ENQUANTO... AO MENOS ATÉ A VINDA DE UM SOBRINHO!

— ESPERO QUE NÃO ESTEJA TENDO IDEIAS...
— JAMAIS PERMITIRIA QUE ISABELLA CAÍSSE NAS SUAS GARRAS!

— NÃO... *CLARO* QUE NÃO!

— C-COM LICENÇA...

— O QUE QUER AGORA, HINDLEY?

— EU...

— ...EU PRECISO DE MAIS DINHEIRO.

— JÁ LHE ADIANTEI O BASTANTE PRA PAGAR O ALUGUEL POR UM ANO!

— EU... REALMENTE PRECISO.

— POSSO LHE ADIANTAR O QUE QUISER... MAS QUERO ALGO EM TROCA!

— QUERO ESTA CASA. QUERO *O MORRO DOS VENTOS UIVANTES!*

N-NEGÓCIO FEITO.
EXCELENTE.
VOCÊ PODE TER FEITO FORTUNA, HEATHCLIFF, MAS CONTINUA SENDO O QUE SEMPRE FOI...
...UM CIGANO TRAPACEIRO, SÓ ESPERANDO A CHANCE DE ROUBAR O QUE QUER!

OLÁ, SRTA. LINTON.

OU SERÁ QUE POSSO CHAMÁ-LA DE ISABELLA?

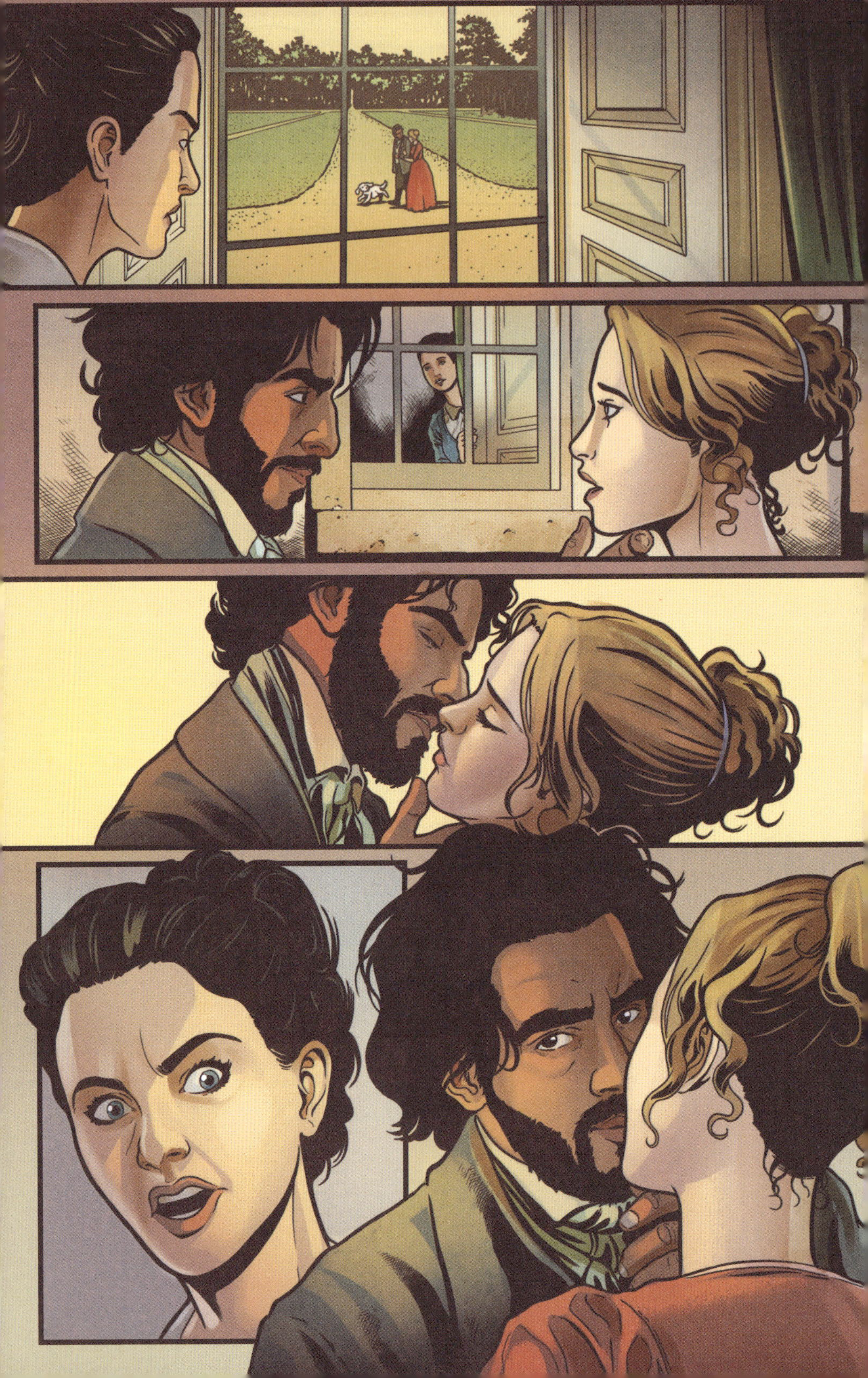

O QUE QUER AFINAL, CAUSANDO ESSE ALVOROÇO?
EU LHE DISSE PRA DEIXAR ISABELLA EM PAZ!
POIS EU ACHO QUE VOCÊ ESTÁ APENAS COM CIÚMES!
VOCÊ NÃO VÊ?
ELE SÓ ESTÁ TENTANDO LHE USAR PRA ME MACHUCAR!
A MENOS QUE QUEIRA QUE EDGAR O PROÍBA DE CONTINUAR NOS VISITANDO, É MELHOR PARAR COM ESSAS BRINCADEIRAS, HEATHCLIFF!
POIS ELE QUE TENTE ME IMPEDIR!

Painel 1:
— E o que você tem a ver com isso, afinal? Tenho direito de beijá-la, se ela quiser, e você não pode dizer nada! Afinal, não sou seu marido... você não precisa ter ciúme de MIM!

Painel 2:
— Não tenho ciúme de você! Ama Isabella? Case-se com ela então!

Painel 3:
— Mas você a ama de verdade?
— Se acha que aceitaria de cabeça baixa como me tratou, você é uma idiota e...

Painel 4:
— O que está acontecendo aqui?

ATÉ AGORA TENHO SIDO PACIENTE EM NOME DO APREÇO QUE MINHA ESPOSA TEM PELO SENHOR, MAS VEJO AGORA COMO SUA PRESENÇA É VENENOSA!

SUA ENTRADA ESTÁ PROIBIDA NESTA CASA! VÁ EMBORA SE NÃO QUISER SAIR DAQUI DESPEJADO!

PARECE QUE SEU CORDEIRINHO ATÉ SABE AMEAÇAR COMO UM TOURO, HEIN, CATHY?

NÃO! PAREM JÁ COM ISSO!

COMO PODEM AGIR DESSA FORMA, QUANDO EU TENTO APENAS SER BOA PARA VOCÊS DOIS?

NÃO SAIREI DAQUI ATÉ FAZEREM AS PAZES!

FAZER AS...? ESTOU TENTANDO LHE DEFENDER AQUI, CATHY!

NÃO VÊ QUE ESTOU FAZENDO ISSO PRO SEU BEM?

SE QUER MESMO, FICARÁ BEM COM HEATHCLIFF E NÃO O IMPEDIRÁ DE ME VISITAR!

DÁ PRA VER QUEM REALMENTE MANDA NESTA CASA!
NÃO ACREDITO QUE PREFERIU ESSE LAMBE--BOTAS A MIM, CATHY!
PAREM! PAREM!
CHEGA, HEATHCLIFF!
JÁ CHAMEI OS JARDINEIROS E O COCHEIRO!
SE PREZA PELA SUA SEGURANÇA, VÁ EMBORA AGORA!

SE ACHA QUE VOU DEIXAR ISSO ASSIM...
NÃO SEJA IDIOTA, VOCÊ NÃO TEM CHANCE CONTRA TRÊS HOMENS!
CORRA! VÁ!
VENHA COMIGO!
SLAM!
FORA, CIGANO!
FORA DAQUI!

— E ENTÃO, CATHY?

— AINDA PRETENDE CONTINUAR COM ESSA SUA AMIZADE COM—

— NÃO QUERO MAIS FALAR DISSO!

— RESPONDA! OU VOCÊ DESISTE DE HEATHCLIFF...

— ...OU TERÁ QUE DESISTIR DE MIM!

— NÃO POSSO DESISTIR DE VOCÊ... JÁ QUE ESPERO UM FILHO TEU!

— FILHO? VOCÊ ESTÁ... GRÁVIDA?

— CHEGA! ME DEIXEM SOZINHA! QUERO FICAR EM PAZ!

SPAK!

SENHOR HEATHCLIFF! ACHEI QUE TIVESSE IDO EMBORA! O QUE ESTÁ FAZENDO AQUI?

VIM BUSCÁ-LA PARA QUE SE TORNE MINHA ESPOSA, SRTA. ISABELLA!

ISSO SE QUISER VIR COMIGO, APESAR DA DESAPROVAÇÃO DO SEU IRMÃO!

SIM! SIM, EU IREI COM VOCÊ!

— SENHOR! SENHOR! ELA SE FOI!

— A SRTA. ISABELLA FUGIU COM HEATHCLIFF À NOITE!

— O... O QUÊ?

— ELES ESTÃO UM DIA À FRENTE! O QUE DEVEMOS FAZER?

— DEIXE QUE VÃO EMBORA!

"DISSERAM QUE A VIRAM COM ELE A DUAS MILHAS DA CIDADE!"

"ESTAVAM INDO PARA UMA HOSPEDARIA... JUNTOS!"

— ELA FOI PORQUE ASSIM QUIS. NINGUÉM A OBRIGOU.

— MAS AGORA NÃO QUERO MAIS OUVIR FALAR DELA!

— DAQUI EM DIANTE, ELA É MINHA IRMÃ APENAS NO NOME!

— NÃO A DESERDEI... ELA ESCOLHEU ABRIR MÃO DE TUDO!

NÃO PODE SER!
O PATRÃO NEM QUERIA QUE EU LHE CONTASSE NADA...
ELE NÃO FARIA ISSO...
ELE NÃO A AMA! EU SEI QUE NÃO A AMA...
AAAARRGGH!
ESSE É MEU FIM, NELLY...
AGORA TENHO CERTEZA DE QUE VOU MORRER!
POR FAVOR, SRA. CATHY, SE ACALME!

NELLY... PRECISO SABER...
ONDE ESTÁ HEATHCLIFF? ONDE...?
PRECISO SABER...
SINTO MUITO, SRA. CATHY...
MAS HÁ MESES QUE NINGUÉM TEM NOTÍCIAS DELE E DA SRTA. ISABELLA!

HUMPF... EU SABIA QUE VOCÊ IRIA VOLTAR ALGUMA HORA!
QUEM É ESSA AÍ?
SOU ISABELLA LINTON. EU E HEATHCLIFF NOS CASAMOS E--
TEM NOTÍCIAS DE CATHY?
ESTÁ ARDENDO EM FEBRE DESDE QUE VOCÊ FOI EMBORA!
OUVI FALAR QUE O MÉDICO NÃO ESTÁ NADA OTIMISTA...
HEATHCLIFF, AONDE VAI? NÃO VAI AO MENOS ENTRAR COMIGO?
HEATHCLIFF?
NÃO SE ESQUEÇA DE TRANCAR BEM A PORTA QUANDO FOR DORMIR NESTA CASA, DONA ISABELLA!

HEATHCLIFF?!

É VERDADE O QUE OUVI DIZER? CATHY ESTÁ À BEIRA DA MORTE?

PRECISO QUE CONSIGA UM ENCONTRO COM ELA!

ME DEIXE ENTRAR QUANDO LINTON ESTIVER FORA!

E-EU NÃO POSSO TRAIR MEU PATRÃO!

ALÉM DO MAIS, O CHOQUE PODE ACABAR COM OS NERVOS DA SRA. CATHY!

ELA NUNCA MAIS SERÁ A MESMA, MAS SIM, POR ENQUANTO DEUS POUPOU SUA ALMA!

"TENHO CERTEZA QUE CATHY PENSA MUITO MAIS EM MIM QUE EM LINTON E TUDO O QUE DESEJA É ME VER!"

"SE NÃO ME AJUDAR, DAREI UM JEITO DE ENTRAR NAQUELA CASA NEM QUE TENHA QUE ENFRENTAR LINTON E SEUS EMPREGADOS A MURROS E TIROS."

CATHY?
SLAM!
HEATHCLIFF... VOCÊ E EDGAR PARTIRAM MEU CORAÇÃO!
VOCÊ... ME MATOU!
ESPERO QUE SOFRA TANTO QUANTO EU POR ISSO!
VAI FICAR FELIZ QUANDO EU NÃO ESTIVER MAIS AQUI?
VAI ME ESQUECER, APOSTO!
NÃO ME TORTURE! MESMO QUE QUISESSE, NÃO PODERIA LHE ESQUECER.
QUANDO VOCÊ ESTIVER EM PAZ... EU ESTAREI NO INFERNO!

EU NUNCA FICAREI EM PAZ...

POR QUE ME DESPREZOU, CATHY? POR QUE TRAIU SEU CORAÇÃO?
VOCÊ FEZ POR MERECER! FOI VOCÊ QUEM MATOU A SI MESMA!

E ESSE ABANDONO EU NÃO POSSO PERDOAR!
AH, QUERIDO... SE FIZ ALGO PARA ANGUSTIÁ-LO, LEMBRE-SE QUE EMBAIXO DA TERRA EU SINTO O MESMO!
TUDO O QUE DESEJO É QUE UM DIA POSSAMOS FICAR JUNTOS...
LIVRES E INSEPARÁVEIS, COMO QUANDO CRESCÍAMOS NO MORRO DOS VENTOS UIVANTES!

- CATHY!

- CHAME UM MÉDICO! CUIDE DELA!

- "VOU LHES FAZER O FAVOR DE ME RETIRAR, MAS ESTAREI ESPERANDO NO JARDIM."

- "EXIJO NOTÍCIAS, NELLY! OU VOU DAR UM JEITO DE ENTRAR AQUI NOVAMENTE, COM OU SEM LINTON!"

- ELA MORREU, NÃO É?

— SIM... ESTÁ MORTA. PARTIU COM UM DOCE SORRISO E SEU BEBÊ RECÉM-NASCIDO NO PEITO!

— ENTÃO CONSEGUIRAM SALVAR A MALDITA CRIANÇA...

— AO MENOS SUA VIDA ACABOU COMO UM SONHO TRANQUILO... TOMARA QUE POSSA DESPERTAR SERENAMENTE NO OUTRO MUNDO TAMBÉM!

"FAREI UMA ÚNICA ORAÇÃO POR ELA, QUE REPETIREI ATÉ PARALISAR MINHA LÍNGUA..."

— SERENAMENTE...? QUERO MAIS É QUE DESPERTE *ATORMENTADA*!

"CATHERINE EARNSHAW, QUE VOCÊ JAMAIS DESCANSE ENQUANTO EU VIVER!"
VOCÊ NÃO DISSE QUE EU A MATEI? POIS BEM.
ASSOMBRE-ME, ENTÃO!
VOCÊ NÃO TINHA O DIREITO DE ME DEIXAR!
"FIQUE SEMPRE COMIGO, TOME QUALQUER FORMA, ENLOUQUEÇA-ME!"
"SÓ NÃO ME DEIXE NESSE ABISMO ONDE NÃO POSSO ENCONTRAR VOCÊ!"
AAARRGH!
"OH DEUS... COMO POSSO VIVER SEM MINHA ALMA?"

KAKOOM

— O QUE A PORTA FAZ FECHADA? ABRAM AGORA!

— FORA, DEMÔNIO! QUEM PENSA QUE É PARA SE CONSIDERAR O DONO DESTA CASA?

— É POR *SUA* CAUSA QUE CATHY ESTÁ *MORTA*!

— SR. EARNSHAW, POR FAVOR, LARGUE ESSA *ARMA*!

CRASH

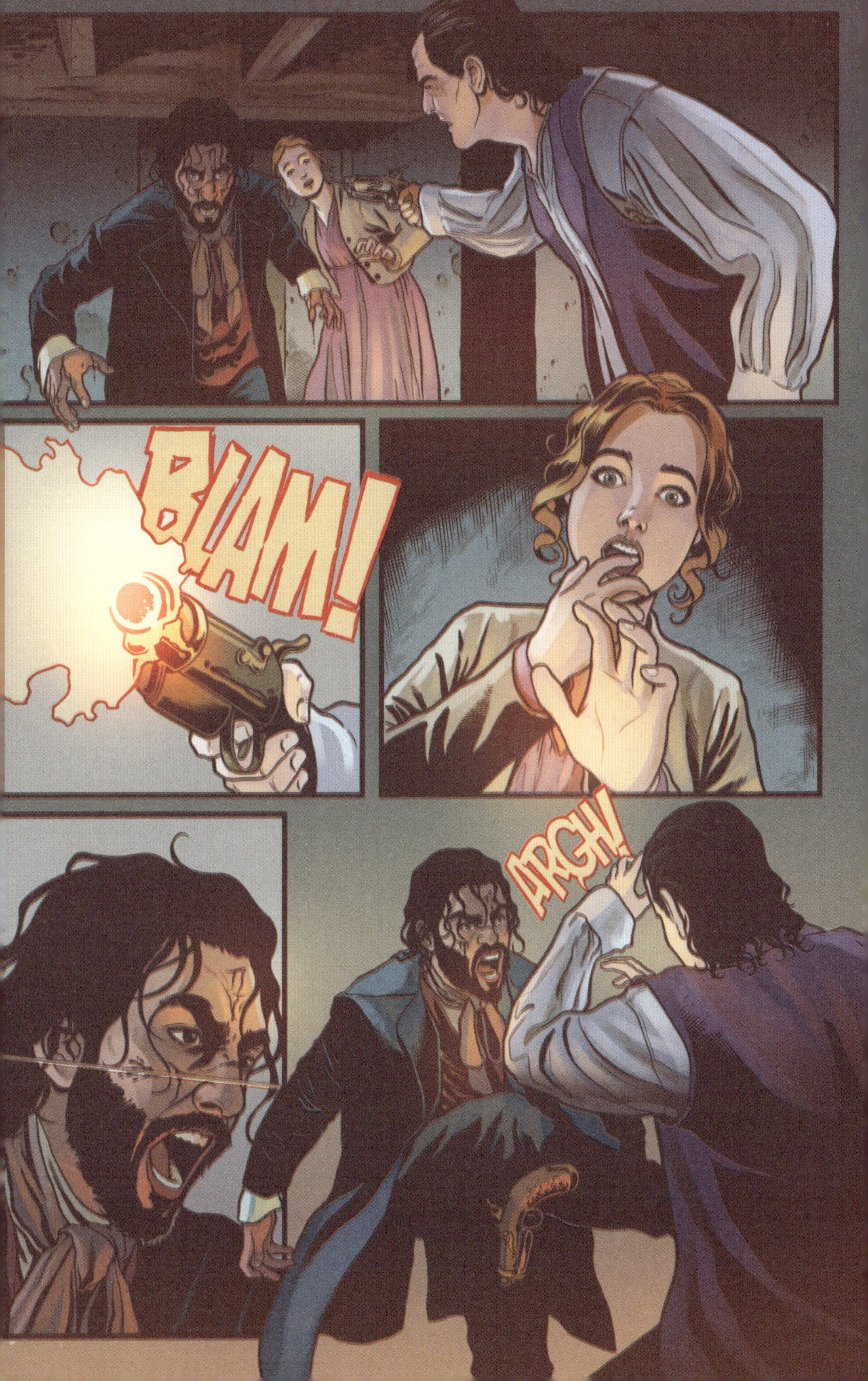
BLAM!
ARGH!

DESAPAREÇA PRA SEMPRE DA MINHA VISTA...
...OU VOU FAZER COM QUE SE ARREPENDA!
JAMAIS PONHA O NOME DE CATHY NOVAMENTE NESSA BOCA IMUNDA!
VOCÊ PERDEU QUALQUER DIREITO A ISSO!
E NUNCA TENTE ME DEIXAR PARA FORA DE MINHA CASA!
LEMBRE-SE QUE EU PAGUEI PELO MORRO DOS VENTOS UIVANTES...

"...VOCÊ ME DEU A PROPRIEDADE EM TROCA DE TODO O JOGO E BEBIDA QUE PODIA DESEJAR!"

POBRE SR. EARNSHAW, NÃO MERECIA UM FIM TÃO TRISTE!

POIS, A MEU VER, ELE TEVE EXATAMENTE O QUE MERECIA!

AFINAL, NINGUÉM O OBRIGOU A **BEBER ATÉ MORRER!**

E AGORA, GAROTO, VOCÊ É MEU!

VAMOS VER SE A ÁRVORE NÃO CRESCERÁ TORTA COM O MESMO VENTO A AÇOITÁ-LA...

O QUÊ? NÃO HÁ NINGUÉM A QUEM O MENINO PERTENÇA MENOS QUE O SENHOR!

VIM BUSCÁ-LO. O SR. LINTON SE OFERECEU PARA CRIAR O POBRE MENINO!

É MESMO? ACONTECE QUE EU GOSTARIA MUITO DE SABER COMO ME SAIRIA CRIANDO UMA CRIANÇA...
ENTÃO, SE LEVAREM ELE, VOU BUSCAR MEU FILHO COM A SUA EX-PATROA, ISABELLA!
SEU... FILHO?
"VOCÊ ACREDITOU QUE CONSEGUIRIAM ESCONDER ISSO DE MIM?"
"NÃO TARDOU A CHEGAR AOS MEUS OUVIDOS QUE, QUANDO FUGIU PARA LONDRES, ELA JÁ ESTAVA ESPERANDO UM FILHO MEU!"
"UM MOLEQUE RAQUÍTICO E GENIOSO, PELO QUE OUVI FALAR!"
APESAR DE TODAS AS DIFERENÇAS COM A IRMÃ, MEU PATRÃO NUNCA CONSENTIRIA EM TIRAR O ÚNICO FILHO DELA!
NESSE CASO, NÃO HÁ MAIS O QUE DISCUTIR!
ENTÃO É ASSIM QUE SERÁ...

"HARETON, QUE DEVERIA SER O NOBRE MAIS IMPORTANTE DA REGIÃO..."

VAMOS, HARETON, SEGURE ESSE FORCADO DIREITO!

FAÇA UM BOM TRABALHO OU VAI FICAR SEM JANTAR!

"...REDUZIDO A UM ESTADO DE COMPLETA DEPENDÊNCIA!"

"E O PIOR..."

LARGUE ISSO JÁ! LIVROS NÃO SÃO PRA VOCÊ!

"...DEPENDÊNCIA DO MAIOR INIMIGO DE SEU PRÓPRIO PAI!"

HEATHCLIFF...
DEIXE-ME ENTRAR!
SOU EU, CATHY...
ESTÁ TÃO FRIO AQUI...
POR FAVOR, MEU AMOR! DEIXE-ME ENTRAR!
MESTRE HEATHCLIFF? ACORDE! RÁPIDO!

"CHEGOU AQUI NO MORRO UMA VISITA INESPERADA!"

E ENTÃO, MOLEQUE? QUEM É VOCÊ?

E O QUE ESTÁ FAZENDO AQUI A ESSA HORA?

S-SOU SEU FILHO, SENHOR!

COF, COF!

MAMÃE SABIA QUE NÃO DURARIA MUITO E ME MANDOU ATÉ AQUI...

ELA ESTÁ MORRENDO?

E QUAL O PROBLEMA COM VOCÊ, AFINAL?

MALDITA! SABIA QUE AINDA ME DARIA PROBLEMAS!

PERDÃO, SENHOR! MINHA SAÚDE NÃO É BOA E A VIAGEM ME DEIXOU EXAUSTO!

CREIO QUE A FRIAGEM DA NOITE ME FEZ MAL...

INFERNO! VOCÊ É PIOR DO QUE EU ESPERAVA!

E DEUS SABE QUE EU NÃO ESPERAVA MUITA COISA!

VOU SAIR E VISTORIAR A PROPRIEDADE!
DEVERIA APROVEITAR E ANDAR POR AÍ PARA CONHECÊ--LA!
NUNCA! PREFIRO FICAR AQUI DENTRO! UMA CAMINHADA ACABARIA COMIGO!
QUE CRIATURA INSOSSA! QUE DIFERENÇA DELE PARA HARETON!
COF COF COF
"APESAR DE TODA A DEGRADAÇÃO DE HARETON, ÀS VEZES EU O ADMIRO!"
"TERIA SIDO CAPAZ DE AMÁ--LO... SE FOSSE FILHO DE OUTRA PESSOA!"
SRTA. CATHY! VOLTE AQUI!
SEU PAI A PROIBIU DE VIR PRA ESSES LADOS! VOLTE JÁ!

— ORA ORA, SE NÃO É A VELHA NELLY!

— E VOCÊ É CATHERINE LINTON, EU PRESUMO?

— BOM DIA, SENHOR! COMO SABE MEU NOME?

— SOU UM ANTIGO AMIGO DA SUA FALECIDA MÃE! QUERO CONVIDÁ-LAS PARA CONHECER MINHA CASA... E O MEU FILHO!

— NÃO DEVEMOS, SENHOR! ESTAMOS ATRASADAS PARA VOLTAR E...

— SIM, VAMOS! ESTOU CANSADA QUERO SENTAR E DESCANSAR!

— AQUELE RAPAZ BONITO... DIGO...

— AQUELE RAPAZ EU JÁ VI ANDANDO POR AÍ ANTES!

— É ELE O SEU FILHO?

— NÃO... ELE NÃO É O MEU FILHO!

LINTON! LEVANTE-SE DAÍ!
VENHA AQUI DIZER OLÁ PARA CATHY, SUA PRIMA!
LINTON? VOCÊ É O TAL PRIMO QUE PAPAI FALAVA QUE TINHA O MESMO NOME QUE O DELE?
COMO VOCÊ É RUIM, NELLY!
TODO ESSE TEMPO MORANDO TÃO PERTO DO MEU PRIMO E VOCÊS NUNCA DISSERAM NADA!
VAI FICAR PARADO AÍ COMO UM IDIOTA?
POR QUE NÃO VAI MOSTRAR OS CAVALOS À SUA LINDA PRIMA?
N-NÃO PREFERE FICAR SENTADA AQUI COMIGO?
MAS O DIA ESTÁ TÃO BONITO.
HARETON! VENHA AQUI!
JÁ QUE LINTON É UM INÚTIL, LEVE ESSA MOÇA AQUI ATÉ O ESTÁBULO PARA VER NOSSA PÔNEI MINNY!

BEM... PARECE QUE, SE NÃO SE ESFORÇAR, ALGUÉM VAI ROUBAR A SUA ÚNICA OPORTUNIDADE DE TER UMA AMIGA POR AQUI!

QUERIA SABER O QUE DIZ ESSAS LETRAS MALDITAS QUE NÃO CONSIGO LER!

SE O SEU PATRÃO PERMITIR, POSSO LHE ENSINAR A LER, SE QUISER!

PATRÃO?
QUE SE DANE VOCÊ, SE ACHA QUE PODE ME CHAMAR DE CRIADO!
ELE NÃO É CRIADO... É SEU PRIMO TAMBÉM!
O QUÊ? UM GAROTO ANALFABETO COMO ELE?
HEATHCLIFF! POR QUE ATRAIU A JOVEM CATHY PRA CÁ? O QUE PRETENDE COM ISSO?
QUE PERGUNTA, NELLY...
COM SORTE, CATHY PODE SE INTERESSAR POR LINTON, E ENTÃO CASAR COM ELE!
QUEM SABE, OS BENS DO PAI DELA POSSAM VIR A SER DE MEU FILHO, E ENTÃO, MEUS!
POIS ME PARECE QUE ELA GOSTOU MAIS DE HARETON DO QUE DE SEU FILHO!

"SERÁ? ELE NUNCA SERÁ CAPAZ DE EMERGIR DE SUA GROSSERIA E IGNORÂNCIA!"

VÁ PRO INFERNO DANÇAR COM O DIABO!

ME DESCULPE!

"CUIDEI PARA ENSINÁ-LO A DESPREZAR TUDO O QUE NÃO FOSSE ANIMALESCO COMO COISAS IDIOTAS!"

"POR OUTRO LADO, LINTON AO MENOS PARECE SER MELHOR DO QUE É..."

QUAL A NECESSIDADE DE GRITAR COM ELA? CATHY NÃO FEZ POR MAL!

"...EMBORA HARETON SEJA COMO OURO USADO PARA CALÇAMENTO, E LINTON, ESTANHO PARA IMITAR PRATARIA!"

ENTÃO É ASSIM QUE EXECUTA SUA VINGANÇA?

SIM! TUDO QUE FOI DE EDGAR LINTON UM DIA SERÁ MEU!

SERÁ REALMENTE POR ISSO? OU SERÁ PELA NECESSIDADE DE FAZER COM QUE A GERAÇÃO SEGUINTE SEJA TÃO INFELIZ QUANTO A SUA?

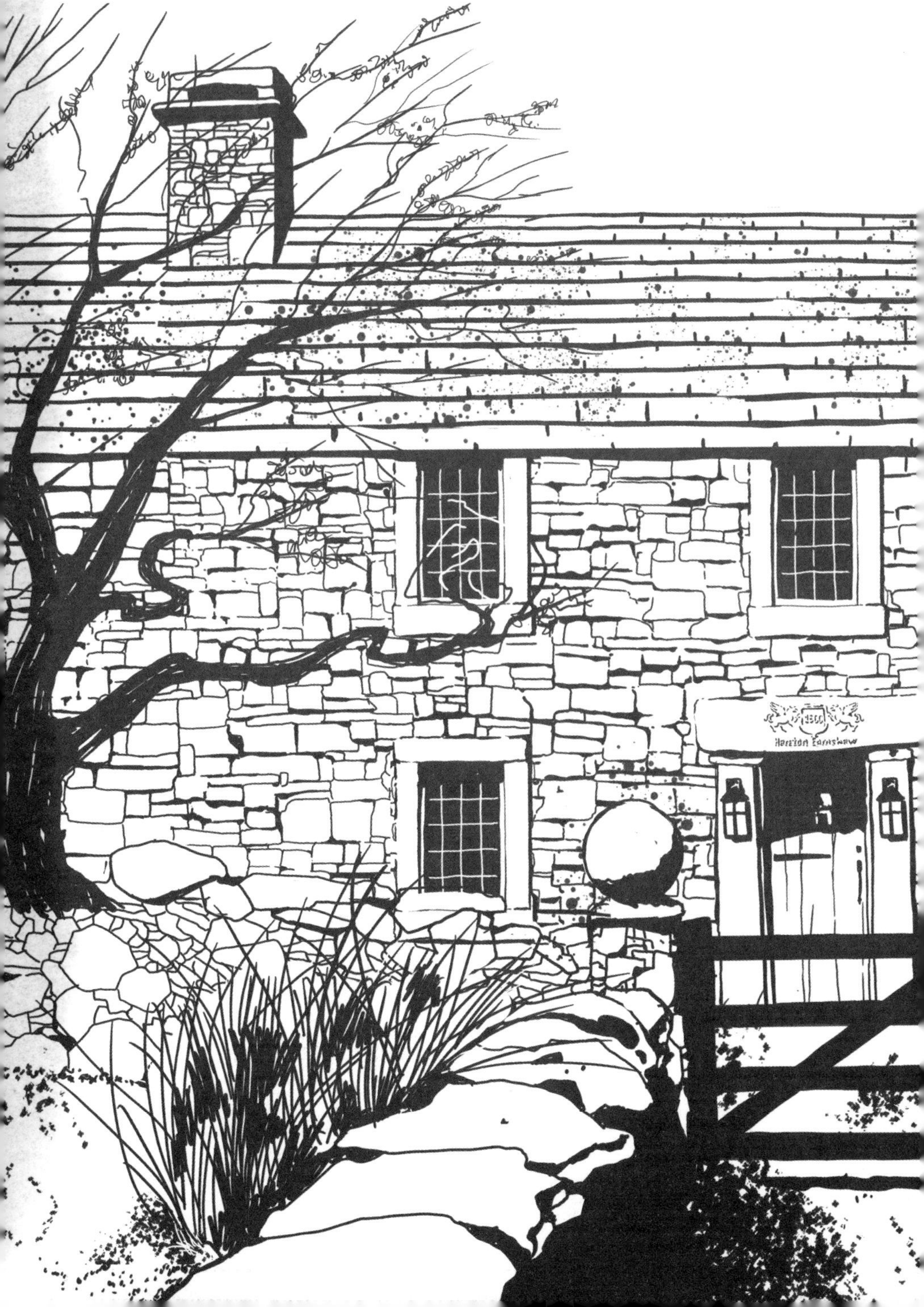
1500
Hareton Earnshaw

WANDERSON DE SOUZA
Desenho e arte-final
Ilustrador, quadrinista e professor de desenho. No selo Zapata Edições ilustrou: *Km Blues*, vencedora do HQMIX 2012 em categoria independente, *Sobre o tempo em que estive morta*, *Fronteiras* e *Nanquim Descartável*. Para a Editora Nemo desenhou: *Sonhos de uma noite de verão* e *Herança Africana no Brasil*. Para o Selo Principis ilustrou *O médico e o monstro* e *Contos Novos*. Também atua como ilustrador para diversas editoras em livros didáticos.
Instagram: @wanderson.arts

DAN FREITAS
Cor
Ilustrador, colorista e professor de arte digital. Começou a carreira em 2015 e ingressou nos quadrinhos com a colaboração no *Monstruário*, de Mário Cau e Lucas Oda. Desde então já participou como colorista em diversos projetos, incluindo a adaptação literária de *O médico e o monstro* para o Selo Principis. Também trabalha como artista conceitual para jogos e animação.
Instagram: @danfs

DANIEL ESTEVES
Edição
Roteirista, editor e professor de HQs, criador do selo Zapata Edições. Escreveu: *Último Assalto*, *Sobre o tempo em que estive morta*, *Por mais um dia com Zapata*, *Fronteiras*, *KM Blues*, *São Paulo dos Mortos*, *Nanquim Descartável*, *O louco a caixa e o homem*, *A luta contra Canudos*, entre outras. Recebeu o HQMIX em 2020 de roteirista nacional.
Instagram: @zapata.edicoes

PETRA LEÃO
Roteiro
Escreveu quadrinhos como edições especiais do consagrado mangá nacional *Holy Avenger* e a minissérie *Victory II*, que posteriormente foi publicada nos EUA pela editora Image. Também roteirizou HQs para a revista *Dragão Brasil* e *Dragão Games*. É colaboradora da Mauricio de Sousa Produções, onde escreve para a revista *Turma da Mônica Jovem* e trabalhou em títulos como *Chico Bento Moço*, *Geração 12* e crossovers com os personagens de Osamu Tezuka. Em 2013 recebeu o 29° prêmio Angelo Agostini como Melhor Roteirista.
Instagram: @petraleao